坦荡地活

安雯◎著

中国轻工业出版社

目录

Contents

序言

我写作，就是想说说心里话。

我是一个平凡的小女人。

但总是在经历不平凡的经历。

1986 年的我

在 10 岁那年陪着姐姐去参加考试却被意外选中，然后，被免试破格录取进入中国戏曲学院学习，从此，便开启了我无拘无束一路前行的人生。

10 岁的我

在戏曲学院10年的学习生涯，我没有演过一次配角儿，更没有跑过龙套，一直都是站在舞台中央的那个主角。

18岁在著名张派代表作《望江亭》中扮演谭记儿

被张君秋大师亲自选中成为入室弟子。

张先生亲授《望江亭》

很幸福成为张先生最喜爱、最疼爱、最宠爱的学生。

与张先生及夫人的合影

被《红楼梦》剧组破例免除对所有演员的所有要求和规则，才接受了扮演晴雯这个角色。

《红楼梦》中的晴雯

《黄土高坡》这首歌是我的首唱。

是苏越写给男生唱的。原歌名《我的歌》。

是我认为只有女生唱才能唱红，便拿过来自己到处演唱，还自作主张地改了歌名叫《黄土高坡》。

《黄土高坡》MV 剧照

我自己的代表作《月满西楼》这首歌也不是苏越为我专门写的……是别人觉得自己唱不了，让我捡了漏儿，结果唱成了我的代表作。

《月满西楼》MV 剧照

我可以在最美好的年纪、最灿烂的时光抛弃一切去追随爱情。

我追随这份爱情，一不留神就追随了 23 年。

更可以为了这份爱情奋不顾身，飞蛾扑火。

30 年前的我们

我不是什么才女。

从 12 岁我写的第一首诗词《水调歌头》开始，就好像文字进入了我的血液，与我一同成长，经历，走过所有的人生。

小时候的我，因为长得太好看，出门总是被叔叔阿姨摸摸头，掐掐脸蛋，然后，我就永远是躲在母亲的身后，不愿意说一句话也不叫一声叔叔阿姨。

小时候的我是很羞涩内向的。

因为姐姐们都比我年长许多，好像一直都不会有平等的交流，我总是处在被教育的地位上……只有在母亲的面前，我才能最舒服最自然地表达自己。

我和我的母亲还有姐姐

也许，写作的萌芽就是从那个时候开始产生的……因为，我只想也只能用文字表达自己内心的感受。我是多么感恩父母赐给了我写作这份天赋，让我能用文字来表达我内心的各种情绪。

所以，我的文字从来都不是刻意而为，总是那么随意的随时会出现在我的脑海里，然后就通过手中的笔流露出来。

我的文字从不会有太华丽的辞藻。我就是想像一个在别人身边的平常女子不停地用文字喃喃自语，把自己对所有人、事、物的最直接、最真实的感受表达出来。

1995 年在还未开发的海南拍摄

我多想让有缘看到我这本书的人和我一起坐下来，饮一杯清茶，再听我清唱一段京剧，然后，再读读我的文字……那该是多么美妙且温柔的时光。

京剧是我最引以为自豪和骄傲的拥有。

是戏曲学院十年的学习奠定了我深厚的艺术功底，也培养了我坚定的完善的艺术人格。

在京剧《玉堂春》里扮演苏三

当人生突然遭遇一夜之间的变故，是文字给了我拯救般的陪伴。

它舒缓了我内心的伤痛，排解了我对生存的失望……我想让看到这本书的人能够在自己跌倒或迷茫的时候，得到一点温度，这就是我最大的欣慰。

在家庭变故后第一次接受专访拍摄（《地理杂志》）

我说过我最大的心愿就是死了以后，并不太希望人们记住我演的晴雯或我唱的《黄土高坡》《月满西楼》，最希望的是人们可以记住我写的文字……让我的文字能够陪伴着所有能感受到它的温度和温暖的人。让我爱的人和爱我的人，通过文字记住我，记住安雯的温度和温暖。

人生漫长，愿我的文字可以与你做伴。

可以互相给予温暖。

可以让我们一起前行。

安雯

2024年11月28日

好友眼中的安雯

生日会的安雯，1987 年版电视剧《红楼梦》里的晴雯，令人爱恋又爱怜的美人儿。用“美人儿”再合适不过。个人觉得，美人儿是特别需要担当的一份形容。仅长得漂亮是挺不经扛的一件事，没文化，腻；没性情，寒；没经受，骄；没担当，浮。美人儿，无论身处何境，高贵；无论经受怎样，纯粹；无论岁月婆娑，优雅。这种美，是不管你正在经受什么抑或经受了什么，也许身临深渊，仍在用心感受着，热烈真切地活着。我以为如此才堪称“美人儿”。

她确实是美，从优渥家境里成长起来的才华横溢的小公主，到戏校里一鸣惊人，到 1987 年版电视剧《红楼梦》扮演晴雯一举成名，到邂逅中国流行音乐教父苏越先生，到两情相悦 23 年如一日的浪漫爱情……她解读了生命密码里的一切美，挑战了美的极限。然而就在极限美的边缘，一切如梦般瞬间坍塌。爱，如风一般不着痕迹地席卷而去，她的内心一定碎了一地，旁人无法感同身受，但她却留在了这里。看看她，现在美吧！安雯就是安雯，如此任性下去的小女生，爱你。

傅小娜

2015 年 5 月 25 日

傅小娜和我

Live well

坦荡地活

2018年8月22日。

这一天，

成为我生命中一个永恒的终结点。

我和苏越，生二十三年的爱，离九年的分，死二十六天的别，在这一天中全部结束了。

生命，在浩瀚宇宙中真是如此之轻……轻得让人抓不住，忽然间就飘走了……无影无踪，无声无息。

生命是虚幻的。

但是，

我们都在真实地活着。

他在追求我的时候，是他风华正茂的年纪。

而我，正是鲜花绽放的季节。

和他相知相识是因为《血染的风采》。

当年，他写的《血染的风采》红遍天下，无人不知无人不会，真好似“国歌”一般……

而我，当时只是一个刚刚出演了电视剧《红楼梦》走进“江湖”的小女孩，满目世界里都是飘洒鲜花与阳光的纯粹和美丽。我喜欢新鲜事物，喜欢尝试自己没有做过的事情。我开始热爱唱歌而不是我的本行京剧。

因为热爱唱歌才遇见了他。

记得，当年在报纸上看到有个歌唱比赛，宣传做得很大，也很有影响，我便花了五块钱报名费就参加了。没想要怎样，就是青春的能量使然纯粹想去做不同的事情……我选择参赛的是一首当年很流行的歌曲《信天游》。因为我的十年京剧的科班功底，演唱这首歌是很轻松的事情，再加上当年的大好容颜，所以，在比赛的歌手中是很受关注的一个，特别受到了此次比赛的负责人，一个单身的年轻的东北小伙儿的关注。

现在依然记得他的名字和长相。

他也会写歌，也算是英俊，应该是可以得到不少女孩子的青睐。但是，我完全对这个人无感，只单纯觉得他是老师，信任他，好像信任我在戏曲学院的老师一样，认为他喜欢我就是因为我出众的优秀，爱才惜才而已。可是，当他坦然说出只要我可以做他的女朋友就一定让我进前三名，不然我是不可能得奖的时候，我知道了我的“认为”是错的。我觉得很耻辱，更觉得是自己不够好……这是我在江湖里遇到的第一次挫折，第一次让我知道了自己没有那么好，好到了什么都是可以得到第一，可以一直成为台上的主角，就好像在戏曲学院十年，从来没有演过配角和龙套一样的被认可，被欣赏。如果没有遇见苏越，我应该是不会再去唱歌，更不会再去接触任何相关的人。

我的性格肯定是拒绝做女朋友。

结果，我连前十名都没有进，是第十一名。

因为，前十名都会得到奖励，而第十一名就什么都没有了。

决赛颁奖的那一天，大赛组委会通知我必须参加。我不明白我这个第十一名有什么资格参加，但是，也去了。如果没有去，也是和苏越不会遇见。

苏越，是决赛的主评委。坐在评委席的最中间。

后来听苏越说那场大赛是北京市委主办，很被重视才请他来做决赛的主评委，而他是最后在台上看到我作为第十一名被介绍出来的时候才突然兴奋地眼前一亮，因为主持人介绍我是《红楼梦》晴雯的扮演者，而晴雯是电视剧里他看到第一眼就爱上的女孩儿……

当年的电视剧《红楼梦》有多红，又是多么被大众关注，我真的是一点都不知道。因为我对这些完全不关心，也不感兴趣，我只是觉得自己演了一个角色，和名利毫无关联。这种想法一直延续到几十年后的今天。

但是，没有《红楼梦》的晴雯，苏越就不会看到我，爱上我，也不会有后面二十三年的爱情。

那么，我的人生又会是怎样呢？

他追求我的第一个月，连手都没有碰过我。

他说他是写《血染的风采》的。

他说他有新的作品希望我参加。

他为我弹唱他新创作的音乐。

他真的很有名却就在我身边。

我们几乎每天在一起。他写歌，进录音棚录音，我都好奇地跟着，走进了一个从未见过的崭新的世界。

我知道他真喜欢我，心里是有些虚荣的窃喜和满足。我觉得让一个我仰视的人，敬重的人，亦是很多人仰视敬重喜欢的人喜欢，是我的骄傲，是我够好。

真不记得我们到底是怎样开始了相爱，有过怎样的承诺，更没有什么誓言。

只记得第一次走在街上，我要拉着他的手一起走，却被拒绝推开。他的脸红到耳根，连说：不行不行。我很生气，说：为什么？你未娶我未嫁，我们又不是什么见不得人的关系，怎么就不行？他一直后退，

结婚十周年。我们约定每十年举行一次婚礼……

我转身就走。然后，他马上追过来，小心翼翼地握住了我的手，这一握就是二十三年，再也没有松手。

在那个年代还没有几个男女敢一起手拉手走在街上的，所以他不敢，而我就敢。

他是一个骨子里很骄傲的人，我也是。虽然他正当红，而我只是一个演了《红楼梦》的小女孩，但是，十年京剧科班学习，唱了十年角儿的我，骨子里更倔更骄傲。所以，刚开始相爱的两个人经常会争吵，他一点都不让着我，总是不欢而散。一次争吵之后，我愤怒地打电话给他说：分手吧！你再有名再了不起，和我没关系！我想要的只是一个真正爱我懂我珍惜我的人！他认真听我说完，想了想，说：可以给我一个小时的时间让我好好考虑一下再答复你吗？我说：好。一个小时后，他准点打电话过来说：我认真想了还是很爱你，不想我们分手！我以后再也不会和你争吵了，可以吗？我说：好吧。以后的二十三年，他一次都没有和我争吵过。不管我怎样任性，怎样不可理喻，他都没有任何不耐烦或责怪。他把我宠成了不知天高地厚的样子。

他去了日本留学，我才真正意识到我爱上了他。我也第一次知道了想念的滋味是苦的，爱而不得是悲凉的。我写了很多诗，只可惜并没有留下来。因为文字对于我如同身体的血液一样自然流淌着存在，从来不会特别在意和珍惜。

三个月后，他也因为太思念而回来。正好万科的王石在深圳举办一个大型演出，他们是朋友便请他回国参加，我们就在深圳见面了。他从香港过来，刚一见面就要拥抱我，却被我推开，我觉得他是个陌生人。爱情于我而言不是距离产生美，而是距离只能产生距离。我的陌生感让他感到很不安，他决定让我必须马上和他一起出国留学。当时的我正是青春茂盛最美年华，《红楼梦》之后戏约不断，天天拍戏还走穴演出，人生好不喧腾多彩。半年后，我去了日本。

在日本的留学生活是我一生最贫困也是最幸福的日子。更是我们的爱情经受到的最大考验。

在日本的他，和在中国的他是完全不一样的。在日本他完全不是那个让我可以依靠和保护我的人了。

去日本留学的时候，正是他在中国最当红的时候。那时，在他身边永远都有好多人，好像他是可以呼风唤雨，可以为我撑起一片天的男人。在他的身边让我很有安全感。而到了日本则完全没人知道他是谁，更没人关心他是谁。那时的中国很贫穷，刚刚改革开放，很多优秀的人选择出国留学，而在国外拿中国护照的人是被瞧不起的。国家穷，百姓就穷。当时的我们也是囊中羞涩，和很多在国外留学生活的人一样为生存而挣扎。在日本，我经历了一生中生活最贫困的日子，但也是我最充满了幸福感，充满了欢乐笑声的日子。

记得，那时候的我每个星期的零花钱不到一千日元，价值也就是现在不到10块钱人民币。在日本一千日元就是一张纸币，因为太少了，苏越就把它都给换成了一枚枚硬币，装在他给我买的一个红色的零钱包里。因为，日本的零钱都是制造得非常精致的硬币，很漂亮，也很重，很有分量感。所以，我的零钱包永远是沉甸甸的，然后，我就非常开心地以为自己有好多钱……知道是自欺欺人，还是真的很快乐。直到现在的我，依然是非常喜欢零钱包。在我的零钱包里，永远都装着满满的零钱，被10块20块塞得鼓鼓的零钱包，依然让我觉得自己非常富有……我很喜欢那种随身携带着记忆的感觉，让我一直能想起那一段贫穷而欢乐的日子。

房子虽小，伙食不错……猫咪是苏越在地铁站口捡回家的流浪猫

因为穷，有很多的物质欲望是没有办法得到满足的，就连基本的吃都是需要克制的。众所周知，日本的消费是有多么高。特别是日本的水果，贵得出名，但也异常好吃。我从小就喜欢吃西瓜，而日本的西瓜好吃到无以言状。有笑话说：在日本，如果你吃到了不甜的西瓜，那就是中奖了。所以，日本的西瓜便是昂贵中的昂贵。在日本买西瓜，很少有人会买一整个，都是按几分之几去买。我爱吃，从小就是一个为了吃可以相当执着的孩子，那么好吃的西瓜让我经常垂涎三尺。实在忍不住了，他就会去给我买一小牙儿回来，我吃，他看。他一口都舍不得吃，只让我一个人吃。而且我想吃的时候，他从来都不会有半秒钟的犹豫，一定是马上非常开心地去给我买回来，然后，他一口都不吃。就是笑着，看着。

还有日本的长腿螃蟹也是最有名的，也是最好吃的。但是，也相当昂贵。那时的我们根本吃不起。有一次，他到一个水产批发地打零工，在上野，叫“筑地”，发现了那里的长腿螃蟹很便宜，他便拿到了工钱就跑去那里悄悄地买一些回家煮给我吃。那天的我开心极了，吃着几个螃蟹腿儿能让我手舞足蹈一个晚上……以后，他领了工资就去买，然后，他就看着我快乐地吃，他说男人不爱吃螃蟹，太麻烦。

我们穷，根本没有钱去外边的餐馆吃饭，甚至连去咖啡馆喝杯咖啡都是不可能的奢望。刚到日本，他什么菜都不会做，就看着菜谱学着做给我吃。好厨师都是男人，他也变成了最好的厨师。他每天都能给我做三个菜，一个汤，一点都没有亏了我的嘴。他做的最拿手的菜是红烧大虾、可乐鸡翅以及红烧肉，因为，我最爱吃红烧肉。还有饺子，也是我的最爱。他做的饺子成了身边的朋友们特别是日本友人最喜欢吃的饺子，大家称之为“苏老师饺子”。记得有一次，他包好了整整120个饺子，就匆匆忙忙去打工了。我放学回家，和一个女友在家里居然把120个饺子吃得只剩下了不到10个……他下班回来看到那可怜的几个饺子，居然笑个不停。那个女友也是他在总政文工团时的战友，不到一米六的身高，非常瘦小，而我们俩在一起居然吃了100多个饺子，确实把他震惊到了。他知道是自己做的饺子太好吃，所以，他开心。

我们刚到日本的时候，我不认识路，他每天都会骑着自行车带上我，把我送到日语学校去上学。

在日语学校朗读自己的作文

因为，日本的交通费用也是很高的。为了省钱，他买了一辆二手自行车，很便宜。这样，我每天都会坐在他的自行车上往返于学校。他是个音乐家，身体协调性很差，自行车骑得很烂，经常把我给掉下来。有一次，居然就把我给撞到了路上的隔离墩，我那白白细细的腿，一下子被撞成了黑黑紫紫的。当时还拍了照片，留下纪念。照片一直藏着，不敢让家人看见，怕心疼。记得，当时疼得我坐在隔离墩上哭了大半天，不知道是因为太疼了还是觉得有些伤心，想家了……当时他也难过得一直抱着我，使劲说对不起。其实，开始我是笑的，笑着笑着就哭了。我哭了，他就慌了。执意要去医院，我说不用去医院。其实，我自己知道为什么哭……这就是我们在日本生活的真实写照：笑着笑着就哭了，哭着哭着又笑了。

现在回想起来，在日本的留学经历应该是为我们两个人的爱情打下了最扎实的基础。因为在那里，我们无依无靠，赤手空拳，只有两个人，一个家，相互依偎相互支持，彼此给予温暖给予呵护。同时，还要抵御身边各种诱惑。

面对诱惑的应该是我。当年中国的贫穷与落后，和发达的日本在各个方面都存在很大的差别。好日子，人人向往之。人往高处走，水往低处流，这是真实的人性。有不少原本幸福的婚姻，出国后，因为各种各样的原因瓦解。我和苏越仅仅只是男女朋友，恋人而已。我拥有出众的容颜和大好的年华，是可以获取无法想象的更多的价值与利益的。但是，我的眼里只有他。我从不去看别人拥有的一切，因为，那都不是我的。只有他，是我的。

在日本的经历，也让苏越更深刻清楚地看到和了解我是怎样的一个女孩。他变得更加珍惜我，依恋我。他是音乐家，内心情感丰富，偶尔敏感脆弱。他面对在日本的陌生，还有生存的艰难，经常是感觉无能为力的，是失望的，是想着逃离的。但是，我的性格不可能支持他放弃，我是坚决反对的。我这个人做事情只要开始了，就不能轻易放弃。我会尽自己最大的努力坚持到最后，不管结局如何，我也要坚持到最后。我对他说：我们出来是为了要好好学习，学到本事才能回去。如果，你就这样灰溜溜地回去，我一定不跟着你。我并不期待着我们可以怎样光宗耀祖地回去，怎样辉煌地回去，至少我们要学到了新的知识，掌握了新的本领，才可以回国。

出国的第一年是最难熬的。熬过去，就好了。

在日本的第一年，苏越经常会失落，会找不到自我。他是一个不善于表达情感的人，而我是非常愿意表达自己的人。发现了问题，我会马上和他沟通。有一天，我忽然发现我们家很久没有音乐的声音了。我问他：请问你已经多久没有弹琴了？从今天开始，你必须每天都要有弹琴的时间。无论任何时候，你都不可以放弃音乐。因为，你的生命没有音乐就是毫无价值的。是音乐，让你在我心中一直如高山仰止一般的存在。

后来，苏越在日本创作出很多首经典的歌曲。比如我演唱的《月满西楼》就是当年在日本创作的。

日本，是我和他两个人充满了很多很多点点滴滴记忆的地方。在那里，我拥有了人生的第一个家。是和自己心爱的人在一起的家。虽然，那是只有六平方米的房子。然后，从这个很小的房子开始，一点一点变大。从一无所有开始，一点一点拥有了财富。在那里，有过很贫穷，却过着无忧无虑的日子。在那里，我只是一个平凡的小女孩，每天去上学，去认真学习日语，就好像自己回归到初生，是一个牙牙学语的婴儿正在开始学习说话。每天的我只想着把日语学好，完全没有了任何名和利的追逐。我从 10 岁开始就进入了艺术学院学习，小小年纪就已经在明争暗斗的名利环境里生存。在日本的生活，让我体验到了从未有过的：平静的内心，单纯的活，与他相爱的日子。这是我一直向往的追求的日子。

我很怀念日本。

并不是怀念在那里的什么，而是怀念在那里活过的日子。

我和他。在一起的日子。

回国后的苏越，带着在日本学习到的方方面面的新知识、新思想，把文化事业做得风生水起。从 1991 年回国创业开始，他开创了很多国内从来没有做过的事情：中国第一个演艺经纪公司；中国第一个包装

苏越摄于仅有六平方米的我和他的第一个小家

推出的歌手；中国第一个文化产业经营理念的实现；等等。他又重新成为中国流行音乐界的领头人，又成为我可以完全依赖的那个人。他用更多更深厚的爱，无时无刻地包裹着我，让我每天都沉浸其中，越来越被宠成了不谙世事的小女孩，被所有人羡慕，直到最后……那时的他，更加意气风发，雄心勃勃，春风得意，众人瞩目。他不仅拥有了名，更拥有了利。同时，也让他的野心越来越膨胀……其实，危险一直都存在，只是没有人能看见。直到一夜之间高楼崩塌，已是晚矣。

跟着苏越一起参加活动

2010 年 3 月 24 日，是苏越生命终结的开始。

出事的那天早晨和每一天的早晨一样，没有任何不同。司机来接他，只听见他轻手轻脚地开门离开，然后，就再也没有回家。

我可以正常见到他，已经是九年后，他拖着病入膏肓的身体，在西边的一个酒店等着我。

那是 2018 年 7 月 26 日。

从他出事开始的九年，我从一个被他宠爱着二十三年，已经完全是不谙世事的小女人，为了救他，一点点撕破自己，把所有的不曾被任何人看到的自己，赤裸裸地展示在大众面前，让人们真正清楚他，清楚我。真正理解和愿意帮助我们。为了救他，我撕碎了自己，再重新拼凑自己。

九年的时间，我慢慢地成了一个内心强大且充满力量的女人。

2011 年的记者见面会

我从开始酗酒抑郁，整天哭哭啼啼、哀哀怨怨，到为他站出来，替他扛，替他挡，拿命去救他，只是为了可以等到他回来……因为，他是我的天，是我的整个世界。九年的时间，我完全可以离开，但是，我怎么能丢下他？我怎么能去过没有他的日子？

九年，是多么的漫长。只是人有了期盼就不会觉得太难熬。而且，有他二十三年的爱支撑着我，再难过，只要想着他回来就都好了，也就熬过去了。谁能想到，他突然的回来，是为了离开。

记得，在6月28日清晨接到电话说他要回来的时候，我都不能用欣喜若狂来形容自己。因为，我只想哭。九年的坚持与忍耐，所有的委屈和屈辱，一下子爆发出来，我整整哭了一天。我真以为自己终于等到了彻底解脱的这一天。那天，我把自己收拾得漂亮极了，苏越第一眼看见我的时候，他的眼睛一亮，说：你一点儿都没变，还是那么漂亮。可是苏越的模样让我很吃惊，因为，没有一个人提前告诉我实情，当我看到的是一个病入膏肓、生命垂危的他，让我一下子从大喜到大悲，从期盼到绝望，真正是生不如死的绝望。我想过我们一万个结局，都没有想到会是这样的一个结局！我愤怒地想把自己撕碎，撕碎所有的一切。可是，每天的我都好像是一只快乐的小鸟，早上五点不到就醒了，然后，起来跑去医院陪着他。到晚上，他准备休息了，我才回去。医院在最西边，而我住在东边，每天来回的时间都要几个小时，二十六天，我从来没觉得累，更不会觉得辛苦。当已经知道了每一天都可能是最后的陪伴，虽然我很悲伤，却又是如此快乐。因为，每天都可以和他在一起，就好像什么都没发生一样的在一起。我们会聊天，会不说话安静地看着彼此，看着窗外。现在想想也不知道那时候的他都在想什么呢？记得有一次，我终于忍不住冲着他大喊，发了好大的火，那是第一次，也是唯一的一次。他依然和从前一样，什么都不说，也不生气，就是默默地看着我……然后，我哭着离开。第二天，他依然买好了病号饭，等着我一起吃。他一看到我，马上笑着说：快吃吧，今天的菜都是你喜欢吃的。他是真的在笑，开心的笑。他和从前一样，每次看到我都是这样开心的样子。我知道他放弃了最佳治疗时间，说哪怕只能再活三天一个星期，也要回来见我一面，和我在一起。因为，需要完整的手续才能出来，拖延了时间，他说自己是拿命在赌。因为，他不相信自己的生命已经走到了尽头。因为，他还想着怎么好好和我一起走下去。因为，他说他还有好多事情要去做，他要开自己的作品音乐会……他永远都是这么自信。回来的他，一点都没有改变。即使到了生命最后一刻，都是充满了激情与期待。他答应了他的主治医生说会给医院国庆节演出写歌，然后，不到半个小时，就走了。他走得很痛快，很平静。从生病到最后几乎没有任何疼痛折磨他，也许是他把所有的痛和疼都在活着的时候承受了……

我知道，你是抱着多么大的遗憾离开。

可是，人生就是一部永远没办法可以完整写出来的剧本。只是我们两个人的这个剧本，留下的遗憾和不应该，太多了。太痛了。太冷了。

唯一的安慰，就是我陪着你，一起走到了最后。

我为他九年的坚守，只换来了最后和他一起度过的二十六天。

他在第二十六天，便放开了我的手，永远地离开了。

我们一起经历了那么多，有那么多的过去可以回忆，但是，我们却没有了未来！

我为了救他付出的一切，完全成为泡影一样的毫无意义了。

“不想让你太痛苦，可是又多么不愿让你再松开我的手……七夕情人节快乐！”

这是我在那年的 8 月 16 日七夕写的，没有给他看。

8 月 22 日，我和他在一起的日子，永远地结束了。

我一个人还有老阿姨一起从病房的床上，把他推到了很远的停尸间。一路上，我很紧地抓着他的胳膊，没有掉一滴眼泪。我安静地为他料理所有的后事。给他选衣服，定日子，通知所有的人……一切都做好了，我一个人走到医院后面的花园，坐在长长的椅子上，仰头望着天空，那天傍晚的天空格外的美，忽然我的泪水夺眶而出，我痛哭。因为，那么美的天空，他就再也看不到了啊！我大声地哭着，拼命地哭着……在医院那样生死寻常的地方，任何人都可以大声哭泣。

苏越，二十六天的重逢，让我做到了善始善终。请你带着我们不堪重负的爱去天堂等着我吧！生命如此无常，谁知道哪天就去找你了……

这是曾经充满了笑声的我和他的家……

有些遇见

就是

等待着分离

别遗憾

别抱怨

有过

美丽的开始

就是美丽

果然，他走了。我病了。

我和他在一起的二十六天，很累，很痛，很快乐。可是，身体却无法和心情一样可以承受那么多的情绪和疲惫。在苏越离世的前两天，8月20日的凌晨三点三十三分，我被一阵剧痛惊醒，好像有一把利刃从我的右胸上划过。我一下子坐起来，看了看床头的表，然后，用手轻轻按摩疼痛的部位，我摸到了一个肿块……一下子我的脑中一片空白。

我带着生病的身体，坚持到最后送走了他。从此，我真正走进绝望人生。我无论如何都无法想通，我拿命抗争坚守了九年，难道就是为了等到这样的今天吗？我的内心充满了愤怒和仇恨。我愤怒他的离去，我仇恨这个世界和所有人。

我对当今的世间

失望

我对自己的肉身

失望

让我可以热爱的

只有

我的灵魂

依然干净美丽

苏越走了以后，我好像是过了好久跟自己没关系的日子，没感觉；没记忆；如同没存在过一般……刚开始的日子，我每天都不清楚自己到底在想什么，还怎么活下去。

我不肯做穿刺，不愿意接受任何检查和治疗。我的视力急速下降，眼睛已经看不清路边两旁的树叶，只能看见一片绿色。在我的生命里第一次没了食欲，那么的饥饿却看着曾经多么喜欢吃的食物一口都咽不下去。我明白，自己应该是走到了死亡的身边。从美国赶回来的大姐一直陪着我。她是医学博士，不停地劝说我必须去做穿刺检查，这样才能进行正确的治疗。我坚持不做，我说：随便怎样吧，这个世界也没有什么让我值得留恋的，明天就死去也无妨。我特别清楚地记得说完后，什么都没说的大姐，用那么悲伤的眼神看着我，似乎在说：难道最爱你的大姐一点都不值得你留恋吗？第二天，我同意了。然后，大姐要走了。我很想她可以留下陪着我一起去……不知道大姐是真的需要马上回去，还是没有勇气看到我的检查结果，她走了。然后，年底就开始了疫情，我们再见已是四年以后。

做穿刺，只有老阿姨陪着我。

和老阿姨在一起的我

当我躺在检查室的床上，手术灯一打开，突然地，我号啕大哭起来，是浑身抽搐的那种痛哭。这是送走他，面对自己的疾病，我第一次哭。因为重视，北京肿瘤医院的范主任特别安排了他信任的助手还有好几个医生护士一起给我检查。看见我哭得那么伤心都很心疼，他们以为我是害怕，就说：这是很简单的小手术，别害怕。如果害怕是不好的结果，也没必要。现在医学已经很发达，就是癌症也不是不能治疗的，别紧张。他们的安慰让我的内心很温暖，只是我一点都不害怕。有时候人的哭泣，不知到底是为何？也许就是情绪积攒太多了，需要发泄吧。做完检查出来休息，忽然，其中一个很漂亮柔软的女孩从检查室出来走到我面前，拿着一个笔记本小心翼翼地问：您可以给我签个名吗？真的很喜欢也敬佩您。然后又说：您放心，检查结果肯定没问题！

结果出来了。有问题。但是，穿刺太局部，不能很确定到底是什么情况。范主任和大姐都认为最好的办法就是切除，留着只有坏处。我知道这是他们真正对我的生命负责，只是我怎么可能接受呢？他刚走，我就必须要把自己的身体切得乱七八糟，那样还活着干吗呢？我坚决拒绝。直到今天，我都认为我坚定地拒绝是对的。如果，当时真的做了切除手术，我一定活不到今天。因为，苏越刚刚突然离开，我自己完全没有做好任何心理准备，每天都在绝望悲伤中挣扎，再每天看着自己不完整的身体，对于我这种到死都要漂漂亮亮站着死的人，无疑就是最大的折磨。而且，手术后的恢复也是非常艰难的过程，那时候的我根本再没有一丁点气力可以让自己熬过去！

我想到了一位中医朋友。

我们总是在对自己的生命无能为力之时，才会去依靠中医。而中医，只要是够缘分，够智慧，就一定不会失望。

傅大夫是我的一位女友的好朋友。广西人，很年轻。中医药大学毕业。一直都认识，但是，并没有太多的交往。我怀着忐忑的心发微信问他是否愿意帮我看病，他马上回复我：很愿意。现于外地治疗，后天周五晚上赶回北京，直接去您家里。安雯姐保重。傅大夫的态度让一个那么绝望的我，很温暖。当他来到我家里望闻问切之后说：安雯姐，您什么病都没有，就是因为突然发生了太多无法接受的事情，气一下子被滞塞，才导致出现肿块和现在无法进食。别担心，吃了我的药，保证会好的。傅大夫说话的声音很轻却很坚定，让我好像吃了定心丸，感觉人马上就放松下来。吃药的第三天，我的食欲一下子恢复到之前永远吃不饱的旺盛状态。以前，我总是为了那么旺盛的食欲发愁，在经历了这场生死之后，我终于知道：当你没了活着的力气，多美味的山珍海味摆在眼前，你也一口都咽不下去……所以，我们永远不要抱怨自己的食欲太好，那是你健康的证明，是生命力的体现。我们要感恩自己拥有最好的食欲。有食欲，不贪吃，就好。

“能吃能睡就死不了。”这好像是我母亲说过的话。其实，中医治疗并没有让肿块消失，一般都认为这是没有把病治好。当时的我也是这样觉得。但是，后来的我清楚地知道是中医救了我的命。这是千真万确的。我能吃饭了。体力恢复了。精神好起来了。命就保住了。有了命，随着时间的推移，身体能量的恢复，我对身体的问题也没有那么敏感脆弱了，即使需要做手术，我也可以坦然接受。随后，我决定接受西医治疗。这是我从一开始的计划。相信中医，给中医治疗三个月的时间，如果不能得到最佳效果，接受西医治疗。天津肿瘤医院的惠主任，成了我生命里最重要的存在。直到今天依然是的。惠主任是我大姐在医学院的女同学，个子不高医术很高，个性鲜明且充满魅力。做手术是她的最强项，而我不做手术，只吃她开的药。她给我开的药，被称为“从未见过如此的吃法”。有她在，我心里永远感到踏实，安心。后来，我又因朋友的推荐，接受了北京最好的西医乳腺专家之一江主任的重新诊断，结果他认为就是普通的结节，没问题。只是认为有问题的医生不同意。而我生病以后一直自我研究学习，多少有了一些自己的认知。我相信没问题，也相信有问题。就好似我们的身体里，都会有好的细胞存在，也会有坏的细胞存在，就看谁可以战胜谁，谁能拼到最后，杀死对方，成为赢家。任何身体的问题，就和生活中我们遇到的问题一样，绝不可能是当下产生，立即爆发的事情。一定是日积月累的结果。在这个过程中，肯定两个势力不断在抗争，拼杀。最后的结局就是看你的身体元气，也就是支撑身体的最重要的根本力量，到底有没有能力战胜那个坏势力了。所以，俗话才会说：生死由天定。其实，就是因为我们人类没办法真正了解和掌握身体里到底都在发生什么，究竟怎样发生着，才使很多结果是出乎人们的预料之外。江主任建议：如若太在意它的存在，就做“超声消融”解决。然后，他推荐了301医院的于主任。这也是一位女性，年轻优秀的女性，还很漂亮。于主任喜欢《红楼梦》，说话轻轻柔柔，做事利利索索。她是年轻有为的超声消融专家，为了给我做手术，可以说是很执着。超声消融手术是近代医学发展中比较成熟的一种微创手术。说是微创，它也是一个手术，我从心里还是很抵触。于主任为了说服我做这个手术，打消我的顾虑，每天和我通微信，认真耐心地讲解超声消融手术的原理和特点，坚持了快一个星期，看到我还是犹豫，便开玩笑说：安雯姐，我从来都没有这么难说服一个人啊！真的是喜欢您，希望您能好好的！请相信我吧。我终于接受了这位优秀的年轻、漂亮、有能力的女医生为我做这个手术。

昨天做了消融手术。

今天醒来觉得全身都轻松了，好像什么都没有了！两年，第一次这样轻松。虽然手术的疼痛还有，但是感觉完全不一样了……说不清楚就是很神奇。

消融治疗在乳腺治疗上会是大功臣！因为可以让女性保持自尊和美去面对病魔！

这是我手术的第二天用文字记录下来的真实心情。那是我两年来，第一次感觉自己是个健康的人，自由的人，挣脱了枷锁的人。当身体里忽然多出来一个东西的时候，我们就会怎么都觉得不舒服，不安心，它不消失就会一直觉得自己有病。很多时候，我们都是被病吓倒的。

其实，病好没好，真不是我们认为的看不见了，摸不着了，病就治好了。不少人是病治了，命没了。我们的身体确实是非常神奇的存在，人类的智慧远没有达到可以完全读解的程度。我很感恩在我生病以后，一位接着一位优秀的中西医专家出现在我的生命里，给予我最好的呵护与帮助，让我在最绝望的日子遇见最温暖的光，照耀着我坚强地活下去。我失去了苏越这棵大树，得到了一片森林。我是孤独的，也是在很多人的守护之下孤独着……

很感恩
上天每次给我关闭一扇窗
都会给我打开一扇门
不是我有多好
而是你好
你们好
还有
就是我的命好
此生可以遇见

我的经历也不能决定每个人都可以同样去经历。因为，每一个人的身体是不同的，读解的方式肯定也是不同的。但是，有些经历我是可以千真万确地说谁都是一样的：一，能吃能睡，看淡得失，心情放松。二，积极活着，好像向日葵笑对阳光。三，坚持每天一遍《八段锦》。

生病以后，我从走五步就累到后来可以走五公里。我在一夜之间，戒掉了已经成为依赖的酒，不再喝一口。因为，我认真地问自己：安雯，你死不了是吗？那你就给我好好地活着！漂漂亮亮健健康康地活着！死，我不怕。我只是觉得这么早死了挺丢人的。我不是坏人，就应该好好活下去。我现在越来越相信心念的力量。当一个人心念坚定时，仿佛就有一股能量从身体深处释放出来，慢慢就会感觉越来越好。心越净，能量就越强。最重要的是自己要有智慧，首先尊重科学，然后，不能人云亦云谁说什么都相信，没有自我主张。我坚决反对过度治疗。

生老病死是人类无法抗拒的宿命。我愿意把自己的经历写出来，不顾什么隐私，或是被拿来炒作，就是想让大家可以从我的真实体验里得到一点启发和帮助，那就值得了这场生死较量。

有很多的昨天
是美好的
不必经常回头
只要铭记在心里
保存永远的温暖
美好着
每一个今天

现在，已经是 2025 年。他已经离开我七年了。这七年，我才真正独立，真正学会一个人面对。我懂得了生命永远是一个人来，一个人走。特别是在生死边缘，只能自己一个人去承受。没有谁能够陪伴和依靠。现在的我不会再自艾自怜，不会再对人和事轻易失望，不会再对身体出现了任何问题大惊小怪。即使面对死亡，我亦可以很坦然。现在的我，活着的每一天都是赚来的。我不会把每一天都当成最后一天，但是，

阳光下的我……

我会好好珍惜当下，珍惜眼前的一切。记住曾经的美好。活着，日子总要继续。

曾经，痛得无法活下去的日子，
谈笑间，已成风轻云淡的模样。
忽然，感到时间的可怕……
我们的所有，
都将消失在时间里……
包括生命本身。

知道为什么年纪越长的人越学会了沉默吗？因为，所有的日子必须要过到那一天你才能明白。你才会知道生命的真相是什么。所以，年长的人不会再为眼前的欢乐而欢乐，为眼前的悲伤而悲伤。他们懂得了安静地看着，看着一切发生，然后，再看着一切消失。

生命的觉悟
就是
有能力正视负面情绪
指引内心
强大坚实地拥抱
生命中
所有不完美的存在

经历的命运变故，让我遍体鳞伤。同时，也厚重了我的生命。我不再是原来的我，而是重生的我，更好的我。可以被更多人敬重而不仅仅是喜欢的我。

你

读过的书

经历过的事

爱过的人

都会

显现在

你的脸上

你的言谈举止

你的每一根发丝

别质疑

你身体的一切

都在告诉别人

这一切

我为今天的自己骄傲。

我为曾经的坚强震撼。

我为勇敢的自己喝彩。

这是我，第一次写我和他。

也是最后一次。

之所以想写，就是想为他对我这份二十三年如一日的爱情有个交代。为我自己付出生命的代价救他陪他到最后有个最真实的答案。

传说太多，不如我自己来说。

曾经有多么的美，最后就有多么的痛。

回忆有多么的甜，心就有多么的撕碎。

从此不想再提起。

我把它，深埋在我内心中最深最柔软的那个地方。

让她安静地陪伴着我的日子。

让她看着我，

我会快乐地活着。

因为，快乐的我是最好的。

因为，快乐的我是最漂亮的。

因为，快乐的我是他最爱的那个女孩儿。

我会一直笑着活下去。

我希望所有的女孩，都可以拥有最美的笑容。不管自己遇到怎样的艰难，都请不要丢了笑容。如果你实在笑不出来，就请想想安雯，她那么艰难依然还在笑着。

你的笑容

就是

最美的风景

最昂贵的奢侈品

请你

永远自信地笑吧

当初为了救他毫不犹豫、飞蛾扑火般地站出来，我在微博说道：我是安雯。从事情发生的第一天开始，我就一直都在！从来没有躲！更没有想到逃！那就是我，最真实的我。当我决定站出来救他，老阿姨哭着说：小姐，你救不了先生，你赶紧出国去吧不要回来了！我也哭着说：我哪里都不去！不救他，我也活不好，要死就一起死！结果，他死了。我活着。活着，就要活得坦荡。如果，我没有那么做，我逃了，我躲了，就不会有今天如此坦荡活着的我。救他，不只是单纯为了爱，

更是为了做人的良心，为了对得起一撇一捺的“人”字；我拼了命，就为了活着的这份坦荡。

人活一世都是带着使命的。有人忍辱负重；有人游手好闲；有人胸怀大志；有人养家糊口。皆是有来无往的人生，结局无差别。很多人只想着怎么活，很少人会想着如何死。而活着的结局就是死，谁人能逃脱？只有活得坦荡，才能死得磊落。

人

总是要告别

那就让

告别

成为美丽的

永远铭记的

Live well

2021 年

从心开始柔软

2021年2月12日

我是安雯
传说太多不如我自己来说

内心再强大的人
也会脆弱
天天都在笑的人
也会流泪
而我
只是一个天性乐观
内心一点都不强大的
小女人

20岁的我（吴祖光先生之子吴刚 摄）

2021 年 6 月 10 日

演戏
是在演别人
也是在演自己
所以
我们经常是撕裂的
因为
每一个人都有很多不同的侧面
很多也是自己不曾知晓的侧面
当自己
把这些展示出来的时候
很多的感受并非享受
更多的是痛苦

摄于曾经荒芜的海南岛

2021年6月19日

活着
就是懂的过程
慢慢
我们就都懂了

摄于古迹前

2021年6月20日

即使
全世界都抛弃了你
只要你
拥有真正的自我价值
拥有内心的坚定与勇气
就一定
可以
华丽转身
惊艳你的生命

苏越 摄

2021 年 6 月 29 日

我

不求精彩

只求淡然

16 岁的我

2021年7月6日

我一直花费了很大的气力改变着自己
让我不再和从前一样那么显得孩子气
我努力在人前让自己变得成熟优雅起来
拼命做一个符合自己年龄和经历的女人
但是
总会在某一个不经意的瞬间
便一下子把我打回了原形
这让我在莫名其妙里感到有些茫然
不过
发现了做回真实的自己是多么的快乐
真的很快乐

2021 年 7 月 12 日

在不动声色的舒缓里
在满满的温情中
生命如此沉重
伤痛如此难捱
日子如此不堪地摧毁着人
不管你是什么样的人

当灾难扑面而来时
年幼的抑或是年壮的
谁管你扛不扛得住
总是要你自己去扛的
自己的伤都是只能自己去舔舐
当美丽的过去毁灭时
每一次回头
都是在甜美里把心撕碎一次

2021年7月28日

生命
给了我们
最美丽的一切
亦给了我们
最残忍的折磨

2021年7月30日

当每个时光
成为过往
回头看时
尽是
被忽略了的美丽

2021年8月3日

生命
就是一场较量
到底
你能多沉得住气
可以
安静地等待着
最后的一搏
你
就是多大的赢家

2021年8月4日

在最爱的人面前
永远
都不会相信
他们会离开我们
即使内心
做了
再多的准备
也是
无法接受和面对

我与他结婚十周年的纪念

2021年8月10日

有些难过
不是
可以留在昨天
然后遗忘
而是会
一直滞留在心
隐隐作痛

苏越摄于荷兰

2021 年 8 月 12 日

内心干净

才能

拥有外在的

纯真

18 岁的“小大人”

2021年8月13日

绽放过
就是最美的
即便凋零
亦无法
抹去曾经的痕迹

2021年8月18日

友情的背叛
比爱情的背叛更残忍
爱情
有吸引的冲动和盲目
友情
是纯粹的信任与认可

2021 年 8 月 30 日

没有人
可以
对别人的日子
品头论足
你所言
只有是非长短
没有任何真相

在电视剧中的造型

2021 年 9 月 25 日

我要
活到 80 岁
还能保持
心灵的单纯
真正活出
一种
真正了不起的境界
永远
不丢失初心的境界

16 岁的我

2021年9月28日

我的灵魂是厚重的
我的皮囊是轻薄的

2021年9月30日

周围的人都会问我后不后悔不要孩子
我说
一点不后悔
而且
越来越觉得不要孩子很正确
谁说
有了孩子你才不孤单
你才老有所依
一个人
永远要依靠的
能依靠的是自己
一个人
自己的存在价值
才能决定自己的生存质量
孩子只是锦上添花

2021 年 10 月 11 日

我总是
对人性抱有幻想
每次
被现实打败
心
就会疼很久
然而
依然故我

20 岁的我

2021年10月12日

如果
注重精神层面的契合
就必须
要有可以匹配的灵魂

2021 年 10 月 13 日

总是有
安安静静
活得
很精彩的生命

电视剧《红楼梦》总摄影师李耀宗之女李润宇 绘

2021年10月15日

不那么
过分的美
最是恰到好处的
于人
不具侵略性
于己
便自在舒服

2021年10月15日

一直在努力
一直往前走
也许不会惊天动地
也许不会心想事成
但是
生命因此充满魅力
生命才会有其价值

2021 年 10 月 18 日

昨天
不可能是今天
但是
昨天
可以是今天的
开始
亦是
结束

1989 年在日本和陌生人一起……

2021 年 10 月 23 日

绿色
开始了憔悴
冬
已经不远了
阳光
依然温暖
却
显露出疲惫
一年四季的轮回
都累了
等待寒冷的冬
收藏起所有的气息
来年
春再见

曾经的我和他

2021 年 11 月 1 日

一夜秋雨醒春梦
夏花凌乱美到疼
昨日缠绵倚流水
回眸已是泪迎风

不被告知的友人之画

2021年11月7日

人无傲骨不为人

2021 年 11 月 25 日

我们

那么害怕孤单

而人

生来就是孤单的

在圆明园参加《红楼梦》培训班

2021 年 12 月 5 日

当伤口
结痂脱落后
会
成为
最结实的地方

曾经不谙世事的年纪……

2021年12月13日

男人对女人的喜爱
是从外在的“吸引”开始
女人对男人的喜爱
是从内在的“尊敬”开始

2021 年 12 月 14 日

我一直向往的
就是
白发苍苍的两个人
相濡以沫地在一起
然后
牵手走到生命的尽头
我觉得
那是生命的最美
暮年之美
这种美
会令我特别感动
特别感动

人生总是充斥着不确定性……

2021 年 12 月 19 日

我想
自己是回不到
从前的那个“小女孩”的我了
因为我不想
因为我欣赏
现在
这样独立勇敢的自己
然后
再从心柔软

依然美……我为悦己容

2021 年 12 月 27 日

善良
是与美好
同行的

我的父亲母亲

2021年12月30日

追求放荡的自由
一定是会自食苦果
因为
人类社会本该就是一个有序的社会
我们还是需要一定的秩序与约束
才能称之为一个拥有智商的社会
总是触碰底线而得到了自由
肯定不是真正得到欢乐的自由
拥有智慧的人
是要得到那种不会有担忧的自由
那便是真正的欢乐

Live well

2022年

从漆黑一片走进世界

2022 年 1 月 6 日

在真爱里没有输赢

失去了

才是输

我失去了他……

2022年1月9日

不要轻易否定
因为
在你的否定里
一样
也否定了自己

2022年1月10日

越成熟就会越觉得
人世间其实没有什么绝对的存在
包括所谓的真相
这一秒它是真相
下一秒也许它就是虚假
因为
已经有很多的假象在里边
所以
如果人越活越睿智
成为真正的智者
他是会变得通透了
这个通透就是
释怀
放下
不去追究究竟的东西
因为没有究竟
最后的究竟就是大智若愚

2022年1月13日

我
就是不屑
与这世俗的人间
游戏
宁愿
孤独地
自己游玩

2022年1月19日

我是一个很平庸的人
至少
我的内心是平庸的
我感恩上天赐予我一颗平庸的心
然后
让我的内心总是很平静很安逸
很不屑去与世相争什么
然后
我活得很踏实

2022年1月20日

我单纯

但我有锋芒

我善良

但我不只做好人

不高兴就撕扇子吧……

2022 年 1 月 22 日

听到“纸寿千年”这个词
忽然明白文字的含义和力量

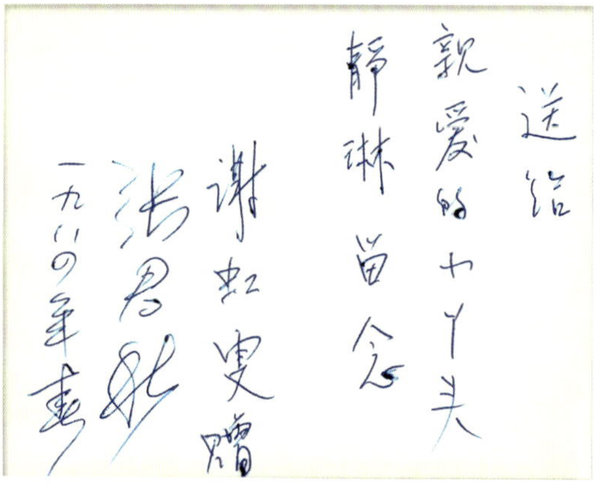

张先生和夫人的结婚照亲赠于我并在此照片背面亲笔留言

2022 年 1 月 25 日

不管多少岁
永远都做
喜欢的自己
不随波逐流
不虚度年华

2022年1月26日

我有
深邃的思想
却喜欢
肤浅的快乐

2022年1月28日

从远处看
每个人
都显得特别善良
然而
真正的善良
必须要靠近
然后
耐心等候
在时间里
才能看到的善良

2022 年 1 月 29 日

真正
可怕的
不是
老无所依
而是
人老了
心无所依

2022 年 2 月 3 日

真正的强者
不在
你把自己的头颅昂得有多高
而在
你真正做的事情
是不是让人能够仰视

2022 年 2 月 8 日

终于知道
我无法
让自己去过
一眼
可以望到尽头的日子
我的人生
一直都是
一望无际的

苏越 摄

2022年2月11日

我们
本来就是从黑暗中来
只是
我们还不会睁开眼睛
在我们
懂得睁开眼睛的时候
我们看见了光
便以为
就是看见了光明
其实
那不是光明
那只是
指引贪婪的光
在我们
需要走开的时候
我们
就会闭上眼睛
关闭了那束光
从此
我们的心
安静了
一切
都安静了
从此
我们
都真正走进了光明

2022年2月23日

艺术

是灵魂中的存在

2022年3月25日

幸福
让我们学会善待
痛苦
让我们得到智慧

2022年3月28日

生活中
真正的悲伤与痛苦
是无法
好像在影视作品里
那些
优秀的演员们
可以
那么真实地表演出来

其实
没有人
可以
好像表演一样
发泄自己内心
真正的悲伤与痛苦

我们
只能
一点一点
越来越深
在身体里隐藏起来
没有人能看见
也不愿意
被人看见

2022年5月3日

思念厚厚的

永远

都在等着你随时打开

游览

走过

有些遥远却也恍如昨日

有些悲伤却也依然美好

生命

有来处

必有去处

我们

会再见

谢谢你一直那么爱我……

2022年5月4日

生命的最大价值

就是

有益于社会

不是

苟且的自我

抑或

贪婪的获取

2022年5月7日

朋友只能有三种
能让你开心
值得你学习
彼此有利用价值

爱人也只有三种
真心喜欢
相处舒服
互相帮助

2022年5月13日

心里

有光的人

就会

朝着光走

2022年5月18日

每一次的回忆

都是

一次

久别之后的

重逢

2022 年 5 月 25 日

每天
我都要
精心打扮自己
就是为了
每天
都可以
遇见
最好的自己

生日快乐……

2022年6月6日

如果
你真正认识了生命的真相
你就会明白
一切有形的都是暂时的
没有什么是永恒的
如果
你能把生命里
每一个暂时的存在
转化成更有价值的存在
然后
变成永恒的刹那
生命就值得

2022年6月12日

有时候

太在意别人怎么对自己

完全是因为

太在乎自己是谁

2022 年 6 月 24 日

经历
让彼此了解
也许离得更近
也许离得更远

自拍的我

2022年6月26日

因为你是谁
所以
才被别人更在意你的一言一行

因为你是谁
也许有些话
有些情绪
别人说了做了
会被认为很有个性很应该
你不行

因为你是谁
大家开心的时候
都以你为最大的快乐
所以
你不能有委屈有不满
你不能影响大家快乐
因为你是谁

2022年6月26日

曾经的爱支撑着我的内心
曾经的伤丰满了我的生命

多美好的开始……

2022年7月12日

生命

本来就毫无意义

是我们

妄想着

贪婪着

给它

安排了意义

2022年7月21日

我从黑暗中
来到这个世界
我想看见
太阳怎么照耀
大海怎么泛浪
女人怎样妩媚
男人怎样英壮
炊烟如何缭绕
日子如何悠长
无论如何
我不是为了
来看漆黑一片
才从黑暗中
走进这个世界

2022年7月30日

活着
是给自己看的
世间再喧闹
又有几分与你相干

2022年8月4日

记忆属于过去

拥有只在当下

2022 年 8 月 20 日

世间的丑陋
只能摧残
一个生命的肉体
却
丝毫不能伤及
其
高贵的灵魂

2022年8月25日

来世

想做一只鹰

可以自由飞翔

亦

充满力量

2022 年 9 月 1 日

金色的日子来了

秋

是上天赐给人类最美丽的时光

愿你被温柔以待

电视剧《红楼梦》总摄影师李耀宗之女李润宇 绘

2022年9月9日

世间再丑恶
我用最灿烂的笑容看它
伤心事再痛
我用风轻云淡抹去它
眼泪再难忍
我要轻轻地淌下

2022 年 9 月 12 日

有你

在心里陪伴着我

总好过

在一群人里的孤单

——苏越生日快乐

2022 年 9 月 13 日

1945 年

“二战”刚刚结束

战争

让法国女人不再是曾经的风情万种

但是

充满另一种魅力

我

就是战后的法国女人

2022年9月23日

我
从来
不希望
被理解
我
只是
想表达

2022年9月25日

半夜忽醒
所有悲伤的事情
好像小虫
爬满心头
此般黑夜
让人窒息
生无可恋

2022 年 9 月 29 日

为自己的坚强难过
坚强
有些硬
有些冷
一点都不柔软
一点都不温暖
一点都不喜欢

在节目中的我

2022年10月9日

请问
如何安放好
经常无处安放的自己

2022 年 10 月 15 日

年少时

未来是梦想

年老了

儿时是梦乡

《红楼梦》中的我们

2022年10月15日

年轻的我们
拼命追逐一切的新鲜事物
如飞蛾扑火一般

年老的时候
执着回望每一处儿时的印记
如痴心妄想一般

我们都曾年轻过

2022 年 10 月 17 日

刚好
我们遇见
刚好
你喜欢我
我喜欢你
这刚好
多么美

摄于敦煌

2022年11月8日

终于知道
哭
真的是
需要勇气
现在的我
已经
不会轻易流泪
因为
我的身后没有谁
可以
支撑着我
让我
敢
放肆去哭

2022年11月9日

愚昧
只能制造恶
即使
愚昧的善
其结果
往往是更加的恶
因其不知其恶
可以
理直气壮地恶

2022年11月18日

人之初
既不善也不恶
是随着成长
一点一点地
被社会
被环境
被人和教育
给予的
是被慢慢填充的
意识和思想
从而
形成了
一个人的善和恶

2022 年 11 月 22 日

我其实
已经
什么都失去了
只剩下
唯一的骄傲
请让我
一直拥有它吧

2022年12月8日

你冷吗
自己去找寻那束光吧
不要
期待谁能为你
披上一件温暖的外衣
很多时候
我们只能自己温暖自己

2022年12月19日

我为
曾经走过的日子
感到很震撼
如果
你让我再重新走过
我绝对走不了
因为
我看见了结局
当时完全不知所以然的时候
一下子撞到那个灾难里
什么感觉都没有
只知道一直往前走
那样的我
活得非常有目标
亦充满力量
每一天
都是
让生命
非常饱满地往前走
我
一点不会觉得艰难

Live well

2023年

让日子拐个弯儿

2023年1月6日

才懂得
鸡零狗碎的生活
终将
原本的自己
初心的本性
慢慢地
消磨殆尽

2023年2月18日

时间
和
时间里
被人为装进去的内容
我已经
不再接受
我就
活在
属于自己的时间
欢乐
属于自己的活法

2023 年 2 月 20 日

可以笑容灿烂的人
内心必是充满了光

2023年2月22日

不循规蹈矩地活
注定
是会遍体鳞伤
然而
经历过
再痛
再伤
走到可以回首的日子
那些
疼过的
流过泪的
所有
皆是生命的光彩

2023年2月25日

我们
总是给幸福
设定了很多标准
其实
只要有爱的人
还有
开心的日子
就是
幸福了

2023年3月9日

生命是虚幻的

但是

我们都在真实地活着

2023 年 3 月 10 日

在
春的躁动里
寻一份
心的
宁静与祥和

电视剧《红楼梦》总摄影师李耀宗之女李润宇 绘

2023 年 3 月 11 日

每个人
都是
自己生命的主角
只有在
追逐欲望的时候
才会成为
满足欲望的配角
才能得到
欲望的满足

2023年3月11日

婚姻
是爱情的载体
是爱情的最终归宿

我们在希腊

2023年3月17日

我感恩

可以

用文字找到答案

用文字得到温暖

我不孤单

2023 年 3 月 21 日

人有傲骨一身轻

无需察言观色

无需小心翼翼

拥有厚重的灵魂

放飞自由的生命

2023 年 4 月 22 日

忽然

不愿意和谁分享

只想

一个人静静地看着自己的情绪

苏越摄于希腊

2023年4月24日

从不相信承诺

我

相信时间

时间

可以给出所有的答案

2023年4月25日

孤独
是美丽的罂粟花
让人着迷成瘾
令人幻觉弥漫

只是
世间太闹
经常将孤独砸碎
不得不坠落尘埃

苏越摄于日本

2023年4月28日

经历了
生死的女人
不相信眼泪
不相信承诺
只相信自己

2023年5月3日

我从不
回头
看
过往的不好
因为
所有的不好
都是我
应该接受的人生
然后
让我得到成长
让我可以
更加
昂首挺立地往前走
所以
我
根本无需回头
张望
曾经的不堪

美好……

2023年5月7日

我们
偶尔还是会脆弱
只是
我们不愿意被人看见
我们的快乐是真的
我们的悲伤也是真的

苏越摄于菲律宾

2023年5月12日

在自己
有能力的时候
尽力
给别人一份温暖
哪怕
只是一瞬间
亦是
永恒的美好

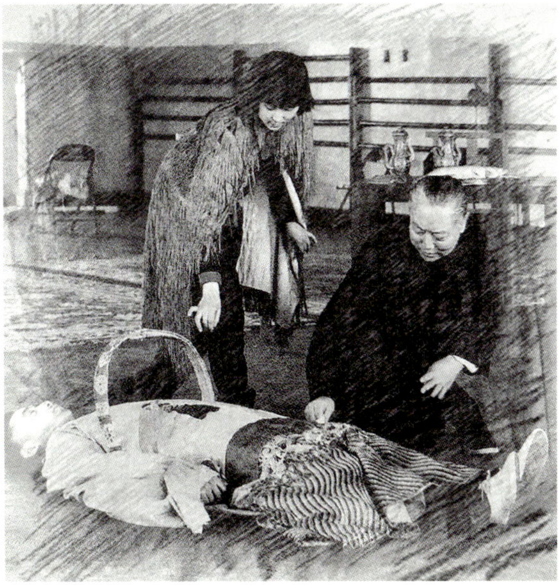

张君秋先生亲授《望江亭》

2023年5月21日

内心
充满了爱
才可以
去深爱别人
才可以
得到
丰满而美丽的爱

杂志封面上23岁的我

2023年5月23日

一个
可以让你
一直笑的那个人
可以
陪着你笑
看着你笑
然后
你们一起笑的那个人
就是
命中注定
对的人

我们在马尔代夫

2023 年 5 月 25 日

繁华落尽尽虚无
世间本就无一物
——生日快乐

2023 年 5 月 27 日

生命的真正价值
是享受
生命的每一种存在形式
感受她的存在
寻找她的魅力

2023年6月15日

今天
总是最好的
永远
不要嫌弃今天的自己
因为
永远
不会比今天更年轻
永远
不会比今天更健康
今天的一切
永远
不会再拥有

2023年6月23日

一剪梅《想》

粽叶幽然淡淡香
吾不知晓
君可黯伤
离骚入耳轻轻唱
微风拂衣
谁还痴想
江水千年声声忙
生者来去
死者留芳
举杯邀饮慢慢尝
细雨方好
如泪千行
——端午留笔

2023年6月25日

你能看到的
未必
就是结局
走过去
才能知道

摄于雅加达

2023年6月29日

有时候

想要快乐

人的存在是需要被忽略的

2023 年 7 月 6 日

生命
无所谓长度
而是
存在的厚度

20 岁的我（吴祖光先生之子吴刚 摄）

2023 年 7 月 7 日

学习
与人和解
与环境和解
与自己和解
才能
真正拥有
自己想要的人生

2023 年 7 月 12 日

我
只欣赏
真实的真诚的
任何
虚伪的道貌岸然的
都让我
嗤之以鼻

班主任张关正老师来看我演出话剧

2023年7月21日

一个女人
眼睛里的光
干净抑或污浊
清纯抑或沧桑
皆是
无法用任何手段
制造换取的
那是心灵之光

愿我的眼一直如此清澈……

2023 年 7 月 23 日

面容
是
一个人
真正的身份证明
与
美丑无关

2023 年 7 月 30 日

谁的生命不是斑斑点点
东西用久了总会有损
何况
被我们用了那么久的生命
在岁月的蹉跎里
没有什么
可以
光鲜亮丽如初

2023年8月4日

生活环境
是会
改变
一个人的思维和认知
曾经
熟悉的人
亦变成
陌生

2023年8月28日

我

带着灿烂的笑

你

只管欣赏

其他

便是都不重要了

我和恩师张君秋先生

2023年9月3日

所有的路
都是要一步一步地走
才能找到自己的世界

2023 年 9 月 5 日

这几年

一直都在远避尘嚣

发现逃离

一点儿都没有得到内心需要的东西

只是

在

丢失自己

我让日子拐了个弯儿

2023 年 9 月 27 日

不说
不代表忘记
记忆
是永不磨灭的
不必
刻意去翻阅
照样
栩栩如生

2023 年 9 月 28 日

所有的不开心
都是
为了
你想要的开心
而经过

苏越摄于爱琴海

2023 年 10 月 18 日

人性的丑恶
一旦
被彰显
一切
都将万劫不复

2023 年 10 月 20 日

别走得太匆忙
静下心
看看被忽视的熟悉
会发现
太多的惊喜

2023 年 10 月 26 日

活着活着
就看到
谁的生命不是缝缝补补
哪有
完好如初的不变
惟有
让内心美丽
慢慢
生命也会成为自己内心的样子

2023年10月28日

夜黑了

总有

醒着的人

14岁的我

2023年11月1日

心电图
那一条线
显示着
生命的真相
曲曲弯弯
是活着
平平坦坦
是死亡

2023 年 11 月 21 日

荣耀很快就会消失
因为
荣耀是属于个人的
当你的生命影响了别人
赐予其生命
以力量和改变
你的生命
才有了
被铭记的资格
才会留下痕迹

2023年12月20日

猫是令人类仰视的动物
因为
猫至少已经被人类驯化了千年
可是
它们并没有屈服于人类
猫依然保持着它自己所有的生命的特权与习性
猫绝对不谄媚人类
猫与人类相处的原则就是
爱我
就好好尊重我
所以
猫是最高贵最坚守尊严的动物
必须令人类肃然起敬

Live well

2024年
生命经由时间自成风景

2024年1月3日

生命的可贵

在于

过一天少一天

和老师在一起的15岁的我

2024年1月8日

你有故事
我也有故事
其实
每个人
都是一本厚重的书
其实
每个生命
都是沉甸甸的
都是很有分量的
不管
他是怎样活了一生

2024 年 1 月 10 日

我愿意
付出代价
认清
生命的真相
但是
无论如何
我
绝不会改变
生命的初心

2024 年 3 月 20 日

如果
一个人每天都在兴致盎然地说着废话
另一个人每天都在津津有味地听着废话
这就是爱情
说一辈子
就是一辈子的爱情

第一次穿婚纱的我

2024 年 3 月 30 日

总以为
明天会更好
可是
当明天
变成了今天
却发现
昨天更美好

1988 年 5 月刚到日本的我和他

2024年3月30日

再优雅的生命
也有
野兽般的愤怒

2024 年 4 月 1 日

择一处
清心静地
看天地轮回
看世间纷扰
看终将退场
看天上人间

2024年4月4日

你
把一个破破烂烂的日子
留给我
不管怎样
我也要
把它
活成一种灿烂
让生命一场
精彩而值得
——清明节记录

2024 年 4 月 20 日

没有人
知道
生命的尽头
是怎样的
但是
活着的每一天
都是
每个人清楚的
那就
活好每一天

2024年4月29日

人这一生
能有多少的美好
在不经意间
成了永恒

2024 年 4 月 30 日

人生
无所谓什么低谷
都是欲望之偏执
有智慧有能力的人
任何时候
都可以活出精彩

2024 年 5 月 25 日

生命的本身
没有任何意义
但是
活着的每一天
都活得有价值
那么
让生命有了意义
即使
经历磨难
如果
增长了智慧
强壮了生命
那就是
价值
亦让生命
增添了意义
——生日快乐

2024年5月30日

欲望
慢慢减掉
确实很痛苦
过程很扭曲
结局很美丽

电视剧《红楼梦》总摄影师李耀宗之女李润宇 绘

2024年5月31日

母亲

给了我好看的肉体

然后

岁月让她遍体鳞伤

即便如此

我依然要美丽地站着

直到我死去

我和母亲

2024年6月1日

从我
啼哭着
来到
这个陌生的世界
几十年后的今天
我依然
和这个世界
是
陌生的
我依然
对这个世界
有
那么多的迷惑
那么多的慌张
那么多的妄想
也许
到离开的那天
这个世界
于我
依然
是
陌生的

2024年7月3日

所有遇见的
美好
我都爱
悲伤
亦都接受

不管怎样
所有的遇见
都是单行道
走过后
不再重回

2024年7月11日

你我
每天都在寻找
生命
总在被消耗
谁也不愿苟且
想要找到闪亮的光
即使
破碎的玻璃
也会有
刹那之闪烁
请相信
请坚守
最终寻得向往的光

电视剧《红楼梦》总摄影师李耀宗之女李润宇 绘

2024年7月14日

曾经
痛得无法活下去的日子
谈笑间
已成
风轻云淡的模样
忽然
感到时间的可怕
我们的所有
都将
消失在时间里
包括
生命本身

福建浔埔女的造型 摄于泉州

2024年7月17日

爱情
就是两个人
每天在一起
矫情着
拧巴着
纠缠着
依恋着
最终
不能分离彼此
那便
就是
找到了
彼此缺失的
另一半

2024年7月19日

时间
无法治愈一切
真正痛到血肉里的痛
在它
随意鲜血四溅的时候
只能
默默地
任由它将自己撕碎再拼凑
笑着
孤独地面对

2024 年 8 月 9 日

让善良
指引着智慧
我们
将会去往
任何
内心向往的地方

2024年8月12日

偶然
只是一首歌
便就
泪流满面
刺破了
曾经的痛
还以为
不会再痛的痛
她永远
隐藏在岁月的缝隙里
不放过
时间
淹没不了的痛
镶刻在血肉之中

2024 年 8 月 25 日

人
只有在生命离开的时候
才能知道
自己
最终留下了什么

在菲律宾拍摄电视剧

2024年9月3日

深知自己
因被上天眷顾
一直成为
命运的宠儿
故养成
天性骄纵
任性自我
感恩
遭遇了
生命的重大变故
才明白
一切美好
都不是
天经地义
凭空而来
该我所得
生命皆平等
不懂的苦
迟早都要品尝
庆幸
我乃善良之本
亦知晓
自省与反思
分寸与尊重
更喜欢
成为今天的我

苏越摄于希腊

2024 年 9 月 10 日

我喜欢
每一个我不曾活过的年代
那里
充满了各种色彩
斑斓缤纷
有很多时间
慢慢绽开不同的风景
让人们慢慢感受
爱
是慢慢堆积
心
是慢慢装满
情
是慢慢表达
人
是慢慢老去

一切
都是多么意味深长
不是
转身遗忘

20岁的我

2024年9月13日

人

生而孤独

不辜负

便是最珍贵

和朋友们在一起的我和他

2024 年 9 月 20 日

爱了
散了
彼此朝着相反的方向
走远了
只有
曾经依靠过的背影
还在
恋恋不舍地遥望
余温萦绕
却无力回首
从此
我们走散了

2024年10月19日

品茶
很像在品爱情

当喝头三泡茶
特别是第一口的时候
口中满满的茶香飘溢
沁人心脾
令人陶醉
只要继续喝下去
茶色依然很浓
却越来越没了茶香
慢慢只有茶的苦味
此时
很多人特别是以为自己很懂茶的人
已经没有想继续喝下去的欲望
便倒掉
如果还想喝
那就重换一杯新茶继续品尝
然后
过程依然同样

但是
很少人知道茶喝到最后
没了颜色

也没了浓郁的茶香
真的是有一股淡淡的清香
一点点沁入心底
有种无法言喻的美妙
喝茶喝到这个时候
感受到的是
心静如风止
茶淡如岁月

2024年10月27日

一个人的善良
有一部分是天性
还有很大一部分
是对自我认知的一种坚守
活着
不管遇到
怎样的
人世间存在的恶与坏
都不会
放弃
内心对真善美
如信仰般的执着
成就
自己
彻底的善良

2024年10月29日

生
是哭着来
死
就要
笑着离开

2024 年 11 月 15 日

我
每一天
都在努力
将
生命
厚重起来

工作中

2024年12月5日

如果
一个人
没有强大完整的内心
就连爱
也会接不住

2024年12月6日

生命的觉悟
就是
有能力正视负面情绪
指引内心
强大坚实地
拥抱
生命中
所有
不完美的存在

2024 年 12 月 13 日

我的文字
就是
最真实的安雯
最日常的生存状态
安雯
是
自由的
随意的
真诚的
纯粹的
直接的
不会掺杂
任何矫揉造作的安雯

京剧《四郎探母》的舞台上 18 岁的我

2024年12月14日

生命是自己的
活出
你的生命价值
是为了自己
而不是为了别人
好好活
不委屈自己
不辜负别人

所有

生命的终点

都一样

为何

不让自己的生命

活得更独特

活得更与众不同

活成自己喜欢的模样

那样

你才是

最精彩的自己

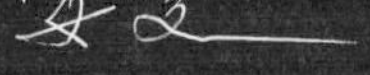

图书在版编目（CIP）数据

坦荡地活 / 安雯著 . -- 北京 : 中国轻工业出版社 ,
2025. 6. -- ISBN 978-7-5184-5495-2

Ⅰ . I217.2

中国国家版本馆 CIP 数据核字第 2025G5A134 号

责任编辑：刘忠波

文字编辑：陈姿兆　　责任终审：劳国强　　设计制作：创研设

策划编辑：刘忠波　陈姿兆　　责任校对：朱燕春　　责任监印：张京华

出版发行：中国轻工业出版社（北京鲁谷东街 5 号，邮编：100040）

印　　刷：天津裕同印刷有限公司

经　　销：各地新华书店

版　　次：2025 年 6 月第 1 版第 1 次印刷

开　　本：787 × 1092　1/16　印张：15.5

字　　数：200 千字

书　　号：ISBN 978-7-5184-5495-2　定价：88.00 元

邮购电话：010-85119873

发行电话：010-85119832　010-85119912

网　　址：http://www.chlip.com.cn

Email：club@chlip.com.cn

250049W3X101ZBW

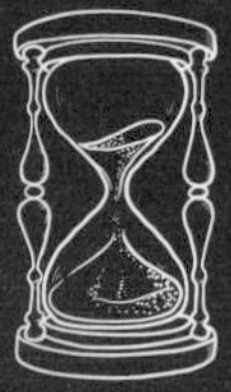